KB008338

현대시세계 시인선 150

집이라는 말의 안쪽

채재순
시집

집이라는 말의 안쪽

채재순
시집

도서
출판 북인

"

내 삶의 따스한 집이 되어줘서 고맙다는 인사를 건네며
지금의 내가 있기까지 몸을 나눠준
동생 미순과 가족에게 이 시집을 바칩니다.

"

객지밥 뜨다가 집 쪽으로 목 길게 뺀 마음들을 모아 다섯 번째 시집을 묶는다. 2018년 8월, 바로 아래 여동생에게 건강한 콩팥을 받아 이식을 했다. 그 후 5개월 쉰 다음, 출근을 하면서 집에 관한 연작시들을 쓰기 시작했다. 집이 없었다면 뼛속까지 바람이 들어오고 낯을 쓱쓱 문지르던 순간들을 어찌 지냈을까.

집이라는 말의 안쪽에는 햇살 가득하다. 두고 온 집이 그립다. 그 마음을 받아 왈칵 흐드러지는 노을을 바라보는 날이 많아지고 있다. 집이 말하려 하는 것을 받아적은 나날들, 이곳에 고스란히 담겨있다. 작은 연둣잎 하나 꽂아놓고 바람이 오는 곳을 향해 뚫어지게 바라보는 새처럼 시집 한 권을 더 꽂아놓게 되었다. 오늘도 노을 지는 풍경이 아름다운 집을 꿈꾼다. 공중엔 봄이 산벚나무 높이로 지나가는 기척으로 환하다.

2023년 6월
이팝나무 꽃 피어나는 봄날에 쓰다.

차례

시인의 말 5

1부 북향집

매화나무 · 13

시집 · 14

바람이 오는 곳 향해 · 15

배롱나무 꽃등 · 16

망망대해만 바라보던 · 17

집이라는 말의 안쪽 · 18

집의 말 · 20

북향집 · 21

조팝나무 울타리집 · 22

출렁거리는 집 · 23

낙엽 몇 장 · 24

크나큰 허공을 가진 · 25

발자국 가득한 · 26

산벚나무 높이로 · 27

노랑이라는 집 한 칸 · 28

감자만 남았다 · 29

이곳에 들어서거든 · 30

우두커니가 된 · 31

꿀벌 · 32

마음 가녘에 새겨진 · 34

탁본, 2022 동해안 산불 · 36

2부 두고 온 집

바깥에 세워두고 · 39

너울도서관 · 40

제 말에 골몰했던 · 41

부은 발목을 만져주는 · 42

집에 당도하느라 · 43

쩔쩔 끓는 이마로 · 44

연근조림 먹는 저녁 · 45

이름 골짜기 · 46

그 마음 받아 왈칵 · 48

입김 서린 창 · 49

네가 있는 쪽을 향해 · 50

나무 그늘 어룽지는 서쪽 · 51

뜨겁게 피어나는 순간 · 52

아무리 · 53

옆구리 받힐 때마다 · 54

마음만 부쳐놓고 · 55

대한 아침 · 56

찔레꽃 필 무렵 · 57

새 발자국 · 58

3부 원추리꽃집

원추리꽃집 · 63

그늘까지 평수 늘린 · 64

구름 한 송이 머무는 · 65

노간주나무 푸르러가던 · 66

수없이 지었다 허무는 · 67

글썽이는 집 · 68

두고 온 게 있는지 · 69

기어이 · 70

오동나무집 · 71

국수물 펄펄 끓던 · 72

한 사흘 앓다가 · 73

모로 누워 잠들던 · 74

백일홍 환한 · 75

돼지 잡던 날들 · 76

집채만 한 그리움 · 77

코뿔새 집 짓듯 · 78

동쪽 끝으로 · 79

생강나무에 기댄 채 · 80

그 언덕을 오르고 나서의 일 · 81

봄꽃 피어나는데 · 82

빨랫줄 감정 · 83

산사나무인가요 · 84

4부 둥근 집

적막이 살고 있는 · 89

집에 가야 한다는 말 · 90

어디 아픈 데 없냐고 · 92

사람에 기대어 · 93

달빛 가득 · 94

메밀국수 · 95

담장에 스미는 중 · 96

여기까지 오느라 · 97

윤희순 의사 · 98

어떤 집을 만났을 때 · 100

가을 빨래 · 101

전부였던 순간들 · 102

눈가 짓무른 집 · 103

저 너머에서 마중하고 있는지 · 104

이야기하는 지도 · 105

공중, 거기가 집 · 106

봄날 · 107

불 켜놓은 빈방 · 108

발자국 찍혀 있다 · 109

5부 산 아래 그 집

진눈깨비 내리는 날 · 113

드디어 당도할 시간 · 114

파안대소로 완성된 · 116

직벽을 떠돌며 · 117

남자의 집이 탔다 · 118

생강나무 머리맡에 두고 · 119

대추나무 우거진 앞마당 · 120

한 생애가 시작된 · 121

배롱나무 꽃 붉다 · 122

노을 붉게 타던 · 123

아랫집 윗집 · 124

산 아래 그 집 · 126

집은 나보다 · 127

허난설헌 · 128

꽃 피우는 일 · 130

가끔은 허허로운지 · 131

집으로 가는 길 · 132

마음을 적었던 날들 · 133

흔들리며 흔들리며 · 134

해설 북향집에서 파안대소를 꿈꾸다 / 박대성 · 135

북향집

매화나무
—집1

저 매화나무에 물 줘라

선생*께서 임종 전 한 말

일순간 적막

그 말씀 메아리로 가득한 고택

그 안에서 일어났던 하고많은 일들,

거기서 울려 퍼졌던 자잘한 메아리를 기록 중인

전집全集

*퇴계 이황.

시집
— 집 7

여기까지 오는 동안의 혼신과
지금을 버무려 펼친 집
시인이 세상 떠난 후에도
안간힘으로 남아
무량의 몸부림 울울창창 우거질

바람이 오는 곳 향해
— 집 28

부러진 가지로 지은 새 둥지
가끔 그 많은 가지 사이로
작은 연둣잎 하나 꽂아놓은
새가 있다
곧 완연한 봄이 올 거라는 소식
돛대로 세우고
항해라도 떠나려는지
바람이 오는 곳을 향해
뚫어지게 바라보는 새 있다

배롱나무 꽃등
— 집 31

잠깐 한눈판 사이, 잠깐 잠꼬대하는 사이,
잠깐 소 타고 놀던 사이, 잠깐 불난 집에 머물다
이 삶을 다 던졌다고 한 그 말씀*에
화들짝 놀라 바라보니
울산바위 노을 유난히 붉게 타오르네
영랑호 한켠에 서 있는 시비 곁
배롱나무 꽃등 켜들고
물새들 맴돌다 날아가는 그 사이로
웃으며 걸어나오실 것 같은 날
호수에 어린 구름 두루마리,
장마 끝 멀리 보이는 토왕성폭포 장관인데
요즘 시가 잘 되냐고
어깨 다독이며 물어올 만도 한데
멈칫거리며 집으로 가는 길
초가을 바람만 귀를 스쳐가네

*후산 최명길 시인.

망망대해만 바라보던
— 집 40

한 번도 가본 적 없는 안데스를 생각한다
그 산맥 기슭에
탄산수 흐르는 강이 있다는데
비탈밭 포도가 익어가고
협곡과 물이 만들어내는 광경 장관이라는데
그 강 사진 본 순간 생각났지
물만 보면 뛰어드는 당신
풍경 좋은 곳 갈 적마다
집 짓는 이야기 하던

함께 세상 끝 마을에 당도해
서쪽으로는 더 이상 디딜 땅이 없다는 말 들었을 때
하염없이 망망대해만 바라보던 당신
바람이 몹시 부는 까닭에
몸 겨우 가누며 세상 끝 마주한 그때
화살나무 우거진 집에 들어간 듯
뼛속까지 바람이 들어와
낯을 쓱쓱 문지르던 시간들

집이라는 말의 안쪽
— 집 44

은행나무집 앞에 그 나무가 서 있게 된 건
아주 오래 전부터라고 들었지
마을 어디서나 다 보일 만큼 자라기까지
제자리에 서서 양지쪽으로 뻗어나간 시간들
제 안의 물소리 찾아들 무렵이면
나무 꼭대기부터 물들기 시작하는 이파리들

집이라는 말의 안쪽에는 햇살이 있지
집집마다 다른 나무들 자라고
집 앞에 나무 이름들 붙지
옆집은 감나무집
반질반질 닳은 마루,
맛있게 익어가는 장독 있는 뒷집은
대추나무집
한번도 만나보지 못한 사랑 같은 상사화
뒤란에 피어나는 외딴집

나무 내력만큼 집의 역사 깊어가고
객지밥 뜨다가 집 쪽으로 목 길게 뺀 마음들이
등을 켜고 있는 해질녘

다음엔 어떤 나무가 서 있는 집에 태어날까
이런 생각으로 저물어가는 늦가을

집의 말
― 집 46

모든 집들은 말을 한다

왜 이리도 멀리 돌아왔는지
그 자리에서 오래도록
나를 기다리고 있었는지
묻고 말하고 싶지만
집은 침묵으로 말하고 있다
막막하게 걸어온 길 내려놓고
뒤란 밤나무 아래 서서
나무의 말부터 들어보라고

객지에서도 들렸던 말
불 끄고 그만 자거라

불 꺼진 창과 빈방의 적막을 견디며
이따금 혼잣말하면서
기다려온 시간들
이젠 길고 긴 집의 말 들을 차례다

북향집
— 집 48

이 집은 북향집입니다
영하의 겨울 어느 날 떠올리며
온몸에 서리 내려앉은 듯 시려울 테지만
햇살 플러그를 꽂고 싶어지는 날
당신 얼굴이 문득 생각나
한낮에도 등을 켜고
설렘을 주소로 적은 후
여기에 시를 쓰지요
추위 가득 들어찬 그 집에선
서로를 안으로 들여놓으며
새로 생긴 별들과 가스구름이 함께 만든
깃털 구름 모양 장미성운 얘길 하다가
작은 창으로 뒤늦게 간신히 깃든 빛줄기를
시 행간에 담아 낭독하고
구름 한 잎, 한 잎 정독하는 배롱나무
정원 가득 홍단풍이 머금은 온기라든가
마음까지 온전히 스며드는 저녁노을을
필사하는 집이지요

조팝나무 울타리집
— 집 49

상처를 안으로 쟁여넣고
낭떠러지에 간신히 뿌리내린 소나무와
입 다문 적 없는 폭포 앞에 두고
뒤로 문 낸 조팝나무 울타리집
빨강 우편함 속으로 들락거리는
붉은머리오목눈이 기척으로
조팝나무 꽃향기 일렁이고

디딜 마음 비좁아도 뻗어나간 시간들
벼랑으로 쏟아낸 그 많은 말들
애면글면 살아가던 어느 날
시나브로 나를 부려놓는 순간
딸깍, 캄캄절벽이 켜지고
지나간 것은 더러 놓치며
새들 지저귐만으로도 환해질 그 집

출렁거리는 집
— 집 50

한 나무를 보았다
가지가 휘어지도록
수많은 작은 새들 둥지 달고 있는
파닥일 때마다 출렁거리는 집
고단한 새 눈 번쩍 뜨게 하는 일렁임
웅크린 채 표정이 심상치 않은 새들
가만가만 다독이고 있는 나무
바스락거리다 다시 졸고 있는
새의 어룽진 얼굴
흔들리며 흔들리며
움켜쥔 걸 내려놓고 들여다보는
저녁 한때

낙엽 몇 장
― 집 51

집이라고는 낙엽 몇 장인
벌레들의 한겨울
진눈깨비 내리는 날
집의 안쪽으로 옮기고 옮겨
반질거리는 나뭇잎

몸의 상처 싸안느라
나뭇잎 뒷면에
몸을 둥글게 말고 있는 시간들
눈보라 들이치는 날
제 온기로 바닥을 데우며
간신히 봄 기다리는 창 없는 집

크나큰 허공을 가진
— 집 52

지붕도
문도
벽도 없이
간신히 집이었음을 알려주는
몇 개의 밥그릇 조각들
가슴 벅찬 공허로 발굴된
이따금 근처에서 속삭임 들려올 듯도 한데
바람과 햇빛만 다녀가고
흙먼지 뒤엉켜 단단해 가는 바닥

바닥이 하늘 올려다보는
이토록 크나큰 허공을 가진 집이라니
거대한 천장에 떠 있는 구름 읽다가
뜨겁게 달구며 살다간 시간들 더듬다가
하도 여러 겹이라 맥락조차 잊어버리고
적멸에 든 집

발자국 가득한
— 집 56

여기는 몇 평입니까

꽃에만 몰두한 여자가 있다
채소는 어디 가고
꽃천지냐고 중얼거리는 이들

그녀의 발자국이 가득한 계곡 옆 꽃밭

여기에 일주일에 한 번 온다

이곳에서는 꽃밭 곁 작은 농막이 배경

여기 살지 않지만
마음으로는 매일 머물고 있는

바람이 그랬을까
늘어진 꽃가지 꺾어
왼쪽 팔에 얹고
하염없이 바라보는 저녁 어스름의 꽃밭

산벚나무 높이로
— 집 66

바람이 이끄는 대로
어디론가 가고 있는
구름과 새, 꽃씨와 사람들
집은 그렇게
떠돌다 비스듬히 떨어지는 것들
받아 앉힌 뒤 일가를 이뤄
꽃 피우고 있다
밥 냄새, 간장 달이는 냄새 꽉 찬
집을 완성하고
드디어 어딘가에 도착했다고
후르르 날아 소식 전하며
우연히 마주쳤을 뿐인데
어디서 본 듯 마음이 가는 날
공중엔 봄이
산벚나무 높이로 지나가는 기척으로 가득

노랑이라는 집 한 칸
— 집 77

떠나가는 것들에게
귀를 잘라 보여줄 수밖에 없었던 마음이라니
견딜 수 없던 쓸쓸함으로 가득한 환청의 방

얼마나 기다렸을까,
지상에 노랑이라는 집 한 칸 마련하고
명랑에 이르기를

얻어맞고도 부서지지 않고
그리고 또 그럴 수밖에 없던 순간들
무참히 깨어졌다고 말하지 마라
그저 웃고 싶었을 뿐
결국…
결코 끊어지지 않은 꿈
구두에서 해바라기로,
밀밭 종달새로 날기까지
아프고 아팠던 눈,
마음 추웠던 날들이 만들어낸
소용돌이 하늘, 별의 심장

감자만 남았다
— 집 76

감자 먹는 사람들* 목이 메어온다

밥은 굶고 그림은 그린 날
차마 쓰기 미안해 머뭇거리다
돈 걱정까지 동봉하자니
마음이 어둑하다

어제에 이어 오늘도 모델이 없어
자화상을 그린 날
눈빛이 푸르고 유독 깊다

오늘도 영락없이 그림 그리러 밀밭으로 나간다
까마귀 떼 발걸음에 놀라 날아오른다

옆방에서 누군가 온 힘 다해 비명을 지르고 있다
얼마나 오래
이 안을 서성거려야 세상으로 나갈까

나는 없어지고
감자만 남았다

*빈센트 반고흐의 그림.

이곳에 들어서거든
— 집 85

눈여겨보는 이들 유난히 많은 집
미술관 지나 도서관
박물관에서 시집까지
이곳에 들어서거든
들판의 귀로 들어라
모든 집이 말하고
모든 집이 말이며
모든 집이 전하려 하는 것을

고요한 떨림으로 가득한 그 집에서
눈은 감고 마음으로 들을 일이다
무심히 스쳐간 날들 되새기며
한결 깊어질 그댈 만나러
그곳으로 가는 길이다

우두커니가 된
— 집 95

네가 보낸 편지엔 영랑호에 어린 아침만 챙긴 게 아니라 물 위에 누웠던 구름 꽃나무 산들바람 발자국도 드문드문 새겨져 있더라 물까마귀 깃털에서 떨어지는 물방울 청둥오리 얼굴의 푸른 빛 호수 둘러싼 나무 위 새 둥지까지 담아 보낸 거라 사월 산불에 집 두고 떠난 새들도 더러 있는데 호수에 발 딛고 우두커니가 된 새 한 마리 있다는 전갈에 마음은 벌써 그곳으로 간다 뒤란엔 자두꽃 한창인데 나는 무얼 싸서 보내야 하나

꿀벌
— 집 92

최근 100억 마리 꿀벌이 사라졌다

지난 밤 꿈길에 헤매던 오월의 숲
집으로 오는 길 잃어 헤매다 잠에서 깼다

현재 야생벌 40% 멸종 위기
2035년, 꿀벌이 멸종할 거라는 뉴스 끝에
식량난 걱정 이어지고

꿀벌이 사라지면 4년 안에 인류가 멸종한다고 한
아인슈타인의 말

대책들 쏟아내지만
집집마다 아기 웃음 소릴 들은 지 오래

강원 인구 소멸 지역
강릉 동해
　태백 삼척
　　양양 고성
　　　홍천 황성

영월 철원
　　양구 화천

이 나라의 미래 몇 태운 스쿨버스
덜컹이며 달려가고 있다

마음 가녘에 새겨진
— 집 93

내 집에서 아주 오래 살아왔다
이제 저쪽 집으로 들어간다

고독이란 자처한 것이니
그대들이 걱정할 일은 아니다

유독 고독한 날이면
마음 다잡고 창가 쪽으로 책상을 옮길 것이다

그 집으로 들어갈 때 챙긴 것은 마음 하나뿐
빛이 잘 들어오도록 커튼을 묶는다

이곳에선 누구의 기별도 기다리지 않는다
짤막한 편지를 쓰는 날은 더러 있다

허겁지겁이라는 말은 버린다
창밖 풍경을 슬몃 들여놓기도 한다

마음의 가녘에 새겨진
지독한 봄날을 내놓는다

이 편지가 내가 살아 있다는 유일한 증거인 셈

탁본, 2022 동해안 산불
— 집 99

집 이백여 채가 불탔다
이백열네 시간, 다행히 인명 피해는 없다지만
불길 속 울부짖은
새, 벌레, 산짐승들
그들의 집에 대해선
누구도 말하지 않았다

삼월 사일부터 아흐레 동안
경북 울진
강원 삼척, 동해, 강릉, 영월
이곳에서 뜬눈으로 지새운 저 수많은 생명들
매캐한 연기 속 이어지는 이재민 행렬
지켜내지 못한 봄, 컴컴하다

둥지 잃은 새들
비 오는 저문 하늘 힘없이 떠돌고
이른 봄의 세밀한 필법을 보지 못했다

가까스로 살아남은 생강나무 끝 새순
문득, 어린 새 부리로 읽게 된다

2부

두고 온 집

바깥에 세워두고
— 집 2

날 늘 바깥에 세워두고

당신은 어디로 가고 있나요

나는 수몰되어가고 있어요

길 끝에 서 있는 떼꾼한 나무

매일 짐 꾸려 떠나고 있는

한뎃바람 맞으며 말라가고 있는 나무

봄이 와도 꽃 피울 줄 모르고

길모퉁이 돌아 집으로 가는 길을 잊은

여보, 여보세요

너울도서관
— 집 3

허공에게 물어물어 설계를 시작하네

객지 떠돌며 고독이 꾸려온 집

가장 커다란 방을 서재로 하겠다는 꿈 버린 적 없는

너울도서관이라 이름 짓고 혼자 웃게 되는

집보다 사과나무 모과나무 자두나무를 먼저 심은 뒤

당신을 가장 먼저 들이고 오랜만에 단잠 들은

노을 지는 풍경이 아름다운 집

마음으로 벌써 다 지은

빨강 우편함 곁에 수수꽃다리 서 있는

시 쓰는 집

제 말에 골몰했던
― 집 8

기다란 테이블 사이에 두고 그녀에게
집을 갖고 싶었다는 말을 들었다

말해놓고 온몸 덜덜 떨고 있는 여자 손 위에
내 손을 얹는 한밤
밤바다엔 만삭의 달이 이야기에 귀 기울이고

피차 만나기 전 객지가 많았던 터라
골 깊은 시간들 켜켜이 쌓이고 등은 헛헛해져
산등성이 바람에도 쉬이 막말을 섞고
서로 제 말에 골몰했던 날들

그렁그렁 고인 눈물 훔치며
식은 커피를 들었다놓고는
다른 욕심은 없어요
둘이 마음놓고 누울 집 이야기를 시작하는 여자

부은 발목을 만져주는
— 집 9

때까치들 어스름에 놀라
비스듬히 날아 깃들고
분꽃 화안하게 등불 켜드는

서로 닿지 않는 게 없이
뜨거워지는 시간
부은 발목을 만져주는 둥근 방

하루를 툭툭 털어주는
문지방 넘어 흘러나오는 말에
귀 기울이는 봉긋한 달

집에 당도하느라
— 집 41

혼잣말로 가득 차 빈집이나 다름없었지
내 마음 함부로 지껄이느라 허송한 시간들
혼자 앓았고, 많은 날 적막했으니
서름서름한 마음 내보내고
이제 함께 누울 집을 마련해야지
세상 떠돌다 마음을 베였으니
마침내 사랑을 만나
난데없이 닥친 추위도 녹여야지
밥 먹는 소리 정겹고
무릎 닿는 기척에
뺨 붉어진 것 들키며 아늑해오는

집에 당도하느라
온몸으로 여기까지 온 날들
움켜쥔 것들 손가락 사이로 빠져나가고
끝도 없이 고단했고 추웠던 독거의 시간
귀담아듣지 않으려 했던
다른 데 가지 말고 집으로 가라는 말

쩔쩔 끓는 이마로
― 집 42

밤 커튼 사이로 달빛 스며들고
늦가을 바람에 가랑잎 떨어지는 소리
쩔쩔 끓는 이마로 저녁도 굶고
초저녁 잠 든 당신
혼자 물에 말은 밥 뜨다가
이불 밖으로 나온 까실한 손
가슴에 얹어주는
시가 써지지 않는 밤
국화꽃 위에 내려앉는 달빛 그늘
적막 속에 홍시 떨어지는 소리
밥 같은 시, 집 같은 시를 생각하다
기러기 달을 스치듯 날아가는 허공
하염없이 바라보는

연근조림 먹는 저녁

― 집 45

하루를 다녀오느라 허허로워진 마음 나누며
마주보고 앉아 연근조림 먹는 저녁
그 많은 허공 가진 걸 보니 너도 울었구나
이런 간격 가지느라 어지간히도 진펄이었구나
가만히 스친 손등 까실해서
겨우 떠먹고 있는 저녁밥
그 마음 알기나 하는지
좀체 그칠 기미 없는 장대비

이름 골짜기
— 집 58

두고온 집 그리운 이들이
고된 시간 견디며
모래언덕 한 귀퉁이에
그때의 마음을 보자기에 싸듯 새겨넣었던 것
다만 여기 있었을 뿐
외로웠을 뿐이라고
간간이 눌러놓은 것

모래 위에 남기는 순간
그리움 왈칵 더해져 눈물 글썽이고
그 이름 생각만으로도
가슴 벅찼던 시간들의 집

떠나간 이름 부르며
그 순간의 숨결 가득 펼쳐놓은 것
지워지고, 새로 빼곡하게 적힌
외로움을 부축하던 이름,
차마 잊지 못할 이름이 언덕을 뒤덮은
이름 골짜기* 가거든
통점을 꾹꾹 눌러놓은 돌 하나 잠시 들어낸 후

우묵하게 패인 그 마음을 가만히 들여다보라

＊미국 캘리포니아에 있는 골짜기로 제2차 세계대전이 한창이던 1940년대 미국 훈련소에서 훈련받던 군인들이 주변에 있던 돌로 모래 위에 이름을 올려놓으면서 시작됨. 유래가 알려지면서 계속 많은 이들이 찾아가 이름을 남겨서 현재는 146만 평에 이르게 됨.

그 마음 받아 왈칵
— 집 59

폼페이 연인의 집이 발굴되었다
그 집 흐릿한 오리 그림 위에 새겨진 말
"벌 같은 연인들은 꿀처럼 달콤한 삶을 산다"

집은 그곳에 살고 있는 사람들 닮는다는데
얼마 동안 달콤한 시간을 보냈을까
서로를 기다리며 앉았던 돌은 어디 있을까
그 돌, 용케도 연인을 기억하고 있지는 않을까

불길을 피해 얼마나 달리고 또 달렸을까
집을 이루었으나 남은 건 진땀과 악몽뿐
지상에서의 마지막 숨결 느낄 겨를도 없이
그 순간 할 일이라곤 서로를 끌어안을 수밖에 없었을
그때의 복받치는 심정은 어디로 가고
단단해진 돌로 남은 연인

그 마음 받아 왈칵 흐드러진 저녁노을

입김 서린 창
— 집 64

도배하는 날
못 뽑아낸 자리에 난
구멍들

단단하게 박혀 있던 동안만큼
걸어놨던 것들의 무게만큼
헐거워진 자리
여간해선 짐작 못할
시간의 흔적들

밤 세 시, 불 끄고도
잠이 오지 않던
두고두고 파이던 마음
고스란히 스며든 그 구멍들

세상 다 헤맨 듯 허허로운
말없이 견디느라 힘겨웠던 몸들
멍울진 마음으로 어둑어둑 집에 들어섰을 때
누가 금방 들여다보았는지
입김 서린 창

네가 있는 쪽을 향해
— 집 67

같은 바람에도 유난히 흔들리는 나뭇잎
무슨 말하려고 그리도 살랑거리는지
갈기갈기 찢긴 우듬지를
제 아픔으로 드러내는 자작나무를 생각한다
마음 자작자작 졸아들듯
발등 내려다보며
거친 시간 건너온 나무껍질 안에
첫눈에 알아채기 어려운 비밀 숨겨져 있다는 걸
짐작할 뿐
나무말통역사를 구한다는 팻말
집 앞에 내걸기 좋은 오후
하고 싶은 말 많아져 마루 끝에 앉아
네가 있는 쪽 향해 입속으로 이름 부르며
몸 기울이게 되는 가을

나무 그늘 어룽지는 서쪽
— 집 68

딱따구리 떠난 집
수척한 기색으로 찾아드는
분홍가슴비둘기
어떤 순간에도 무너지지 않으려고
긴 그림자 끌고 온 시간의 길들

집을 가진 나무달팽이
가지 끝까지 가다가
떨어지기도 하는 날들

문득 세상 떠난 네가 그곳에서도
시 쓰고 있는지 묻고 싶은 유월
이곳에서 집 그늘 아래
까치발로 서 있던 모습 떠올라 글, 썽

나무 그늘 어룽지는 서쪽을
사무치게 바라보다
안개 낀 자작나무 숲을 지나
건너가고 싶은 가을 저녁

뜨겁게 피어나는 순간
— 집 69

오랜 선회비행 끝에
추운 지방 철새들 몰려앉은 들판
그 너머 서쪽 바다 바라보던 너
기억하기 위해 아니 망각하기 위해
담고 또 담는 하루
가만히 흐린 하늘 지켜보고 서서
함께 시간 나누던 그 자리

아침 오기 전의 호수 물결,
저녁 오기 전 숲의 수런거림 들으며
뜨겁게 피어나는 순간이 있는
격자무늬 창으로 스미는 달빛 마주하고
아직도 할 얘기 많아 숱하게 지새던 밤

바닥을 놓고, 창을 내고
다음은 지붕 없을 차례
마음 살림들 늘어가는 때
그 사이사이 목소리, 기침이나 한숨 소리
침 삼키는 소리
이것들로 한 채의 집을 이룰 수 있으려나

아무리
— 집 70

아무리와 함께 살아온 날들이었네
집에 들어서는 순간 서로 다독이며
채워주고, 밀어주며 고개 끄덕여준 시간들
시래기국 한 그릇 뜨며 세상 설움 들어준 밥상
아득한 마음에 슬몃 손 얹자
비록 그렇다 하더라도 눈시울이 뜨거워지던 날들

절벽 앞에서도 집 생각에
귀담아들으라는 말 귓등으로 흘리던 날들 후회하며
터벅터벅 돌아오는 길
장칼국수 냄새로 꽉 들어찬 골목
혼자 걷는 순간에도 곁에 있어준 아무리
방금 도착해 손잡아주는 노을 지는 저녁

옆구리 받힐 때마다
— 집 71

바람 잘 날 없는 날이었지요
그런 날엔 뒷산에 올라
버덩 내려다보며
바람이 오는 곳에 대해 골몰했지요
옆구리 받힐 때마다
눈물겨운 시간들 다독여주던
텃밭 가 우뚝 서 있던 노간주나무 긴 그림자
손 어루만져주던 오래된 문고리

내심 마음 읽어주길 기다렸지만
번번이 어두워진 채 집으로 돌아오는 길
한 사람이 한 사람을 얼마나 기억해줄 것인가
그런 날은 왜 그리도 별은 반짝이던지
무뚝뚝한 세계에 대해 생각하다
간신히 가슴에 손 얹고 잠을 청하던 밤
등 덥혀주던 방바닥
달빛에 꽃잎 도드라진 창호지문

마음만 부쳐놓고
― 집 72

무엇이든 움켜쥐려는 손을 내려놓고
사방으로 가려는 발을 묶어놓고
먼 산 보는 사이
가을이 오고 있다

숱한 풍경을 스치면서
설치는 마음을 데리고 자율격리 중
집 밖으로 한발도 나갈 수 없어서
가을우체국에 가지 못해
네게 마음만 부쳐놓고
풀벌레 소리 배경으로
방금 따온 무화과를 곁에 놓고
국수를 삶는 중

대한 아침
— 집 86

앙상한 벚나무 위로 눈발 날리는 대한 아침

옮겨놓는 다리가 무거운 영랑호 청둥오리

죽기살기로 발 옮기고 옮겼을 테지만
물닭 두 마리 까맣게 얼어 있다

다른 녀석들은 도대체
어디서 이 엄동설한을 겪고 있나

하염없이 눈은 내리고

집 밖 내다보는 이 아무도 없네

찔레꽃 필 무렵
— 집 98

당신이 집사람이라
처음 말하던 때가 생각나
벌써 며칠째
그 시절 번지수를 기억해내려고 안간힘인데
그러지 않으면 살 수 없을 것 같은 날들
요즘 부쩍 꽃덤불 주위를 서성이게 돼

부르튼 발 따스한 물에 씻고
나란히 한잠 자고 싶은
찔레꽃 필 무렵

당신 아내된 지 얼마나 되었나
얼굴에 번져오던 그늘
찔레순 먹여주며 걸어온 길
때론 가시에 찔려 눈물 떨굴 때
가시 빼내주며 한 봄밤 약속으로
겨우 안해가 되어가는 중
웃는 모습까지 닮아가며
서로의 집이 되어가는 중

새 발자국
— 집 87

할머니 얼굴 밀랍인형처럼 매끄러웠다

모닥불 앞에 동네 사람들 몇몇 모여
새가 된 망자 얘기를 했다
대문 밖 그릇 속 생쌀들,
전부 새 발자국인가

장례 기간 중
돼지 두 마리 잡을 정도로
많은 자손 두고 떠난 할머닌
무슨 새가 되었을까

대학 간 손녀 준다고 떡이며 앵두를
한지에 고이 싸둬
곰팡이 생긴 게 다반사였다고

시 즐겨 쓰고 훈장 하던
할아버질 닮았다고 몇 번이나 얘기하더니
임종 전 내 이름 부르며 허공을 바라보았다고

오래 머물던 집 두고
꽃상여 타고 간 그 길
진달래, 진달래 꽃사태

봄날이 통째로 가고 있네

3부

원추리꽃집

원추리꽃집
— 집 10

나지막이 웃으며
여름 골목을 밝히는
원추리꽃집

비바람 몰아치는 시간을 지나
오고가는 것들과
지나치는 것들 하염없이 바라보며
미처 오지 못한 것들과
가고 오지 않는 것들 기다리며

소리소문없이 찾아오기를
먼 길에서 지쳐 돌아오느라 늦어지나
조그만 인기척에도 단장하며
모퉁이 저쪽에서 손 흔들며 올 것 같은
길들여지지 않는 기다림의 해질녘

그늘까지 평수 늘린
― 집 11

닳도록 오가던 발길들의
기승부리던 여름 감정들
고스란히 잠재운
울울창창 마음으로
서늘한 그늘까지 평수 늘린 집

닿고 싶은 곳에 다다르지 못한
불구의 날들로 뒤척이느라
가을이 오고야 말았네

아름드리 마음에 큰 눈 쌓이자
뜸해진 발걸음
가지에 와닿는 바람의 노래로
겨우내 연명하는 나날

찾아온 새소리에 목이 메어올 때서야
뜨거운 게 관통하는 걸 눈치채고
천지사방으로 마음을 소풍 보내는
여한이 없는 아지랑이 피어오르는 집

구름 한 송이 머무는
— 집 17

떠나고 싶은 마음이란
돌아오고 싶은 마음 같아서
나무뿌리까지 흔들어대는 봄날 떠난 이
떡갈나무 이파리 송두리째 떨어진 가을날
돌아오려나
구름 따라 떠돌다 구름 한 송이 머무는
빈집으로 터덜터덜 돌아오려나
고독이 해 입은 옷 걸치고
바람의 내력 스며든 몸으로
헛헛하게 들어서려나

노간주나무 푸르러가던
— 집 21

흙마당 밖으로 저 잘났다고 튀어나간 콩알들
세상 다녀온 빨래들 펄럭이며
노간주나무 푸르러가던 집
마당 멍석에 둥근 밥상이 차려지던 그곳
여름 저녁의 연주에 스르르 별 바라보다 잠들어
아버지 팔에 안겨 방으로 가만히 옮겨지던 한밤

수없이 지었다 허무는
— 집 23

저녁 산책길
한없이 길어지는 그림자 보며
글썽,
노을 진 저녁 산 바라보며
울먹,
비탈밭 말뚝 맴돌며 울고 있는
흑염소 눈망울 들여다보며
울컥

하룻밤에도 수없이 지었다 허무는 집
내가 내게 질문하며 지새는 밤
막 허문 집 한 채
그 안에 내가 보일까
깊어진 고독의 창문이 보일까

글썽이는 집

— 집 24

다 이해하지 못해도
온전히 사랑할 수는 있지 않았을까
열지 않는 마음을 두드리다 돌아간 날들
이곳은 어디인가
떠나도 사랑은 남아 울먹이고
오래된 살림을 차린
이곳은 어디일까
차마 어둑한 방 불도 켜지 못하고
있는 힘 다해 글썽이는 저 집
집채만 한 그리움으로 속절없이 깊어가는

두고 온 게 있는지
— 집 25

더듬거리며 세상 다 쏘다닌 듯한
허허갯벌 구멍집
제 몸 들이느라
온몸으로 뚫고 들어갈 수밖에 없었던
어디엔가 두고 온 게 있는지
입 딱 벌어지는 일이 있었는지
미처 문조차 마련하지 못한 집
몸을 아주 작게 줄여 들어가
발가락 간질이며 한잠 들고 싶은
눈발 들이치는 한밤

기어이
— 집 26

삶이 그에게 그리움이라는 밥을 퍼먹였지
기어이 가려는 그곳,
떠난 지 오십여 년 되었어도
마음에 어룽지고 입술에서 맴도는
꿈결에도 골목, 골목을 달리곤 하지
옛 집 자리 하염없이 바라보다 돌아오는
어둠과 어둠이 물고 있는 길
기어코 가야 할 곳 있다고
중얼중얼거리며 견뎌온 시간
그곳을 제외하곤 모두 객지일 뿐
도무지 정들이지 못한 날들 떨쳐내고
그곳을 진하게 한 대접 퍼먹으러 간다

오동나무집
― 집 27

당신의 고통은 1부터 10 중 어느 정도인가요

오동나무집, 그 이름만으로도 아픔이 줄어드는 곳
함께한 시간 고스란히 쌓여 찬란한 집
어디에 있어도 마음이 먼저 당도해 출렁이는 곳
한 이틀 눈이 내릴 모양이다
네가 이 눈발을 뚫고 오려는지 두근거리는 오후

국수물 펄펄 끓던
─집 30

집 앞 미루나무 우듬지에
끝나지 않을 듯 매미 떼 울어대고
모처럼 외할아버지 오시자
손등으로 땀 훔치며 국수 반죽 밀어대는 어머니
마당 한 구석 화독 위에서 국수물 펄펄 끓던 그 집

호박 풋고추 숭숭 썰며
양념간장 만들러 들락거리는 부엌은 굴 속 같고
마루 끝에 나와 앉아 발장단으로
칼국수 익기를 기다리던 그때

밭에서 돌아온 아버지 등목 소리에
땡볕에 늘어졌던 텃밭 상추 잠깐 생기 돌고
눅눅했던 이불 홑청 뽀송하게 말라가며
집집마다 낮잠 달게 들었는지
오가는 이 아무도 없고 구름만 몽글몽글 떠가던 한낮

한 사흘 앓다가
— 집 32

동지섣달, 문고리에 손 찍찍 달라붙던 집

식구들 모두 돌아오길 기다리던
아랫목 이불 안에 넣어둔 밥

군불로 누래진 장판 있는
그 방에 누워 한 사나흘 앓다가

노간주나무에 쌓인 눈 털어내고
마당 가득한 눈 쓸어낸 후
마을로 이어진 길 따라 하염없이 걷고 싶은

모로 누워 잠들던
— 집 34

빗소리인가, 홀연히 깨어나니
보름달 휘영청하고
누에가 장판에 나와 있다
어머닌 오늘도 늦게까지 누에 밥을 주셨나보다
그 많던 뽕잎 다 갉아먹고
어딜 가겠다는 건지 느릿느릿 가고 있는 누에

잠실도 부족해 방방마다 누에 들이고
누에 밥 먹는 소리에 깨어나고
누에와 함께 잠들던 집
가끔은 내 몸에 눌려 식어 있던 누에
그걸 피하겠다고 모로 누워 잠들던 날들
그러기엔 너무 많았던 누에들

비 오는 소리로 가득했던 집
두고 온 내가 뽕잎이불 아래 잠든 누에를
자꾸만 들쳐보고 있는

백일홍 환한
— 집 36

집 떠난 뒤에야 알게 되는
마구 흔들어대는 세상 격랑
막다른 골목의 막막함

제 고단한 발바닥만 들여다보느라
미처 알지 못했네,
집의 뒤척임을
고독을 다독이느라
헤아리지 못했네,
집의 미어지는 마음을

머물다 가는 이의 뒷모습 아련해
젖어드는 눈시울
하늘을 올려다보고
손차양으로 동구 밖을 내다보다
울먹이며
늦은 저녁밥을 안치는

앞뜰에 상사화 피어나고
뒤란에 백일홍 환한
그 집

돼지 잡던 날들
— 집 37

미루나무 늘어선 신작로 가에
담배 팔던 부섭이네, 방앗간집 종덕이네
마을 안쪽으로 들어서면
소 울음소리 정겹던 선화네,
너른 마당과 뒤란 앵두가 맞나던 윤정이네
마을에서 제일 가난했지만 물맛 좋고 땔감 부자여서
유난히 따끈따끈했던 기섭이네 방
뒷동산 바로 밑에 자리한
누에 치던 우리 집
그 아래 작은아버지 집
기섭이네 집에서 서른두어 걸음 걸어가
작은 다리 하나 건너
앞개울 가까워 부러웠던 철민네
개울가에 감자 썩히던 항아리들
홍수 나던 여름 작은 다리 위로 넘치던 흙탕물
너른 마당에 구슬치기하느라 파놓았던 구멍들
메뚜기 잡느라 뛰어다니던 아이들
타작 끝나갈 무렵 집에서 집으로 오가던 떡들
시집가고 장가갈 때 온 동네 모여 음식 만들고
돼지 잡던 날들

집채만 한 그리움
— 집 39

저물 대로 저문 가을을 지나면서
차창 밖으로 아름드리 느티나무 보이는
산 아래 마을에 눈길 오래 머무는데
기다렸다는 듯 화르르 붉은 나뭇잎들 떨어지고
때 이른 눈이라도 내릴 듯 낮아지는 하늘

저녁연기 오르는 집 근처에
당신이 나와 있을까 두리번거리며
바람결에 몰려오는 밥 냄새에
스며드는 설움을 떨쳐내느라 해 지는 줄 모르고
이번엔 집채만 한 그리움만 담아간다고
편지를 쓰는 속절없는 가을 저녁

코뿔새 집 짓듯
— 집 53

코뿔새 나무 꼭대기에 집을 짓듯
내 영혼의 꼭대기에 다락을 얹는다

흙벽 깎아 집 지었던 흔적 위로
저를 포개는 바람
딴전 피우며 살아온 시간을 깨우는

밤이 깊도록 눅눅한 쪽을 향해
뒤꿈치 내려놓고 숨 고르는 동안
생각의 틈새로 새벽이 오고 있는지
볕뉘 사이로 눈부신 잎들이 피어나는데
그 순간 할 일이라곤
오래 한곳에 박혀 있던 것 들어내고
우묵하게 고인 걸
우두커니 들여다볼 뿐

동쪽 끝으로
— 집 55

밭에 엎드려 김매던 어머니가

나무 그늘에 누인 나를 연신 바라보던 그때부터

해질녘 큰소리로 불러들이던 그 집에서

닿을 수 없는 곳을 향해

얼마나 멀리 멀리 걸어왔는지

동쪽 끝으로 와 살며

그리움에 사무치는 순간

어머니 물 길러간 동안

광목 띠에 묶여

악악 울어대던 그 집 생각하면

온몸이 찌르르하다

생강나무에 기댄 채
— 집 73

철 이른 낙엽 한 장
숨 고르고 있다
어디서 온 것일까
어디로 가고 싶은 걸까

몇 개의 계절을 건너오느라 힘겨웠는지
생강나무에 잠시 몸 기댄 채
가만히 비추는 아침햇살에
찬란해진 떡갈나무잎

길들은 둥근 무덤 곁으로 이어지고
가랑잎꼬마거미는 벼랑에 집을 짓고도
허공에 그물 치기에 바쁜데

난 지금까지 몇 번이나 나에게로 돌아왔는가

집으로 가는 길모퉁이에서
글썽였다,
내가 나를 잊은 적 많아서

그 언덕을 오르고 나서의 일
— 집 84

마음 머무는 곳이 집이지요
때로는 산책길에 만난 논가 둠벙에 어린
구름 몇 잎,
이제 막 깨어난 아기새들

집에 대한 감정은 그렇게 시작되었어요

방문 열자 골목인 집들
골목길 벗어놓은 신발들에 눈이 가고
무너진 돌담을 한참 들여다보는 오후입니다

건너가 궁금할 수 없는 집들이
아직도 있다는 걸 알게 된 건
그 언덕을 오르고 나서의 일입니다

봄꽃 피어나는데
— 집 89

집 안에 갇혀
집 밖의 날들을 생각한다

사회적 간격마다 나를 세워놓고
어떤 얼굴로 있어야 하나
모두에게 숨기고 싶은 것들
동선 공개해야 한대서 말해놓고
오늘은 또 무엇을 잃게 되나

문 열고 나가
나무 그늘 아래서 얘기 나누던 때 언제였나
기침소리에 화들짝 놀라 입을 막는 시간

단 한 번도 겪어보지 못한 날들이 가고 있다

마음대로 집 밖으로 나갔다가
집으로 돌아오던 시간들 그리운 날이다

봄꽃은 피어나는데
마스크 안에서 혼자 웃는다

빨랫줄 감정
― 집 96

사는 건 빨랫줄 같은 것이어서
끝 간 데 없는 마음일 때
한없이 무겁고 무거워져
햇빛과 바람을 기다리곤 했다
비라도 시작되는 날엔
서둘러 집으로 뛰어야 했고
마르기도 전 옷가지 얼어붙는 날엔
얼마나 뻣뻣하던지
그늘 깊어져 집 안에서조차 소름 돋던 날들
빨래가 뽀송하게 말라가는 날에는
마음이 먼저 춤추기 시작해
우리 집 나무마다 새떼들 출렁이는 거라

산사나무인가요
— 집 90

비라도 내릴 듯 낮아진 하늘
이런 날이면
집 곳곳에 자리한
나무를 찾아간다

연못가 수양버들
내 슬픔을 읽었는지
눈을 들여다보며
푸른 가지를
팔에 슬며시 얹는다

그동안 세상에 떠 있느라
구멍 숭숭 뚫리고 줄기도 없이
헛발질의 시간 보냈으며

사막 덤불로
바람 따라 모래언덕 올라가기도 하고
굴러떨어지기도 하던 날들

오늘, 그대는

나무 울타리에 섞여 들어가 살고 있는
산사나무인가요

울타리가 된 탱자나무인가요

4부

둥근 집

적막이 살고 있는
— 집 14

혼자 왔다 혼자 가는
마지막 꽃차림 길
등이 닿았던 흔적 남아 있는 집
한 사람을 위해 나부꼈던
만장을 스친 바람과
상엿소리, 회다지소리 깊숙하게 배어든

엄습하는 한기
적막이 살고 있는 외딴집
생전에 마당 쓸던 싸리비질 소리,
서늘한 음성이 가끔 들려올 것 같은
제 발걸음 소리에 놀라 달음박질치게 되는

낡은 문짝 삐걱거리는
거길 지날 때마다
불현듯 겨울이 왔다

집에 가야 한다는 말
— 집 5

요양보호사를 후려쳤다
알아들을 수 없는 말로 끊임없이 중얼거리는데
잘 들어보면 집에 가야 한다는 말

견디다 못해 안정제를 투여했다
더 심해지면 요양원에서도 살 수 없다는데
이 상태로 집에는 더더욱 갈 수 없다

세 끼 먹는 약 기운으로 흐릿한 하루가 간다
화장실 출입도 어려워 기저귀 차고
침대에 묶여 있다

자꾸만 헛것이 보이는지
면회온 아들에게
리어커 태워 길가에 놔두고
어딜 갔다 이제 왔냐고 악다구니를 쳤다

사람을 쬐고* 싶은 것이다
기다리다 움푹 꺼진 눈으로
먼 데를 하염없이 바라본다

창밖으로 흰나비 한 마리 날아간다

*유홍준의 시「사람을 쬐다」인용.

어디 아픈 데 없냐고
— 집 20

시와 정원으로
남은 생 기대기 좋은 부부의 집
그림 그리기 좋은 돌 골라
사포 문지른 후 웃는 얼굴을 그리는 아내
뇌졸중으로 불편해진 몸 끌고
산 중 나무뿌리 찾아헤매도
집 가꿀 생각으로 힘이 난다는 남편
10여 년 전 추운 이사를 했던 집
연탄창고를 돌그림 방으로 꾸미고
낡은 연료통, 쓰다버린 김치냉장고,
금 간 항아리, 귀퉁이 깨진 기와에도
다정한 그림 그리고, 시 쓰는 아내
텃밭을 꽃밭으로 가꾸어온 남편
깊은 울음 건너온 사연을 알고나 있는 듯
이파리들끼리 내밀한 얘길 나누는 집
넝쿨장미, 담쟁이가 어우러져 뻗어가고
벌 나비 새와 함께
어디 아픈 데 없냐고 물어보며 살아가는
집

사람에 기대어
— 집 33

영국엔 외로움장관을 두었다는데
공기만으로 살아가는 공기란空氣蘭이 있는데
바람의 언덕에 함께 오르며
사람은 사람에 기대어 살아가야 하는데

생피 흘리며 살아 있는데
모르는 사이 무참히 사라지는데

고독사, 요양원이라는 말
더 이상 쓸 이유 없어질 날
내 나라에 행복장관 둘 날
손꼽아 기다리는 나날

달빛 가득
— 집 47

이 집엔 무슨 우여곡절이 있었던 걸까
무성한 소문이 바랭이로 들어차고
가끔 살림살이가 궁금한 바람이 문 여닫는데
담쟁이넝쿨 옷 입고 하얀거에 들어간
낡을 대로 낡아가는 집

마당 구석 명아주 넜두리 들고 있는
구름 한 점
달리 기록할 것 없다며
거미줄들 늘어갈 뿐이지만
밤이면 방 한 칸, 부엌 한 칸
달빛 가득 들어차는 집 한 채

메밀국수
— 집 54

　스승 만나러 눈길 걸어 언덕을 넘었다 꽃대 올라온 난을 보여주며 아이처럼 웃으셨다 수선화 피기를 기다리는지 지난해 수선화가 유난히 고왔다고 하셨다 책장 펴듯 창문을 열어 드리니 마당가 따라 서 있는 모과나무와 담장 위 소복하게 눈송이 쌓이는 걸 하염없이 내다보셨다 한참 후 이층 서재에서 울산바위 보이는 날 이야기를 쉬엄쉬엄하셨다 그날은 힘에 부쳐서 일층 작은 방 벽에 기대어 책을 조금 읽었다며 좋아하더니. 이런 날은 동치미 국물 부은 메밀국수가 제격이라며 입맛 다시던 모습 선하다 병 깊어지기 전 어느 날 문득 국수 한 그릇 하자며 데리고 간 봉평 어느 골짜기 국수집 주인장이 손수 지었다는 굽은 소나무 그대로인 창틀집 스승의 안내로 간 길이라 다시 가기는 어렵게 된, 눈길을 걷다보면 그 국수집에 당도할 것 같은 날이다

담장에 스미는 중
—집 60

학교 담장 따개비로 꼭 붙어 있는
조그만 집 한 채

학교 들어서기 전부터 있던 집
담장에 스미는 중이라 해도 될 만큼
간신히 지탱하고 있는

그 전후 사정이, 저를 잊은 집 모양새가
무슨 작품인가 싶어 목을 길게 빼 들여다보게 되는
어떤 말을 하고 있는 듯한 노란 집
생생한 증언 듣고 싶은지
소나무 한 그루 집 쪽으로 뻗어가고 있다

집에서 나온 노파가 잔뜩 꼬부라진 허리로
어딜 가려는지
발걸음 떼고 있다
그 뒤를 청호동 바람이 느리게 따르고 있다

여기까지 오느라
— 집 62

거울 속 몸을 들여다보는 사람

그동안 여기까지 오느라
거의 다 써버린 집, 흐느끼고 있다

해발 3,000m 고지 수목한계선에
서 있는 나무
매서운 바람에 몸 낮춘 나무들
사무치게 울며 용케 견딘 시간들
명품 바이올린은 이런 나무에서 나온다
소리 공명이 좋은 몸집
영혼을 울리는 한 세계가 가득한
집 한 채

윤희순 의사
― 집 61

자신 놀리는 노래를
입술 지그시 깨물며
의병가로 바꿔 부른 순간, 시작됐다

시집오던 날부터 보리밭에 앉아 있다가
족두리 쓴 채 불을 꺼 집 지켜낸

구름꽃 몇 송이 바라볼 새 없이
안사람 의병대 만들어
망설임 없이 나갔던 험준한 날들
먼 이역 만주까지 건너가
굽이굽이 이어갔던 독립운동

집의 안부 물을 틈도 없이
아들, 며느리, 조카까지
독립 무장투쟁에 앞장선
가족 군대의 중심

뒤란 댓잎 스치는 바람 소리조차 들을 겨를 없이
농사 짓고, 군사 훈련했던 땡볕의 나날들

의병 활동에서 독립 전쟁까지 피땀투성이 된 몸
시아버지, 남편에 이어, 아들까지 잃고
아들 숨 놓은 지 열하루 만에 뒤따라간 투사

나라 되찾기 위해 노래하던 사람은 가고
이제, 해질녘 촘촘히 꽃 기도 수놓듯 아로새긴
『해주 윤씨 일생록』남아 고스란히 증언하네

어떤 집을 만났을 때
― 집 65

어떤 집을 만났을 때 문득
이 집의 아픈 가지는 뭘까
사람으로 꽉 찬 집을 만났을 때
이 집의 대들보는 누구일까
지붕은, 창문은
집안을 데워주는 이는…까지 가다가
집이 차려놓은 들썩임, 뭉글뭉글 오르는
온기를 따라가네

지그시 깨무는
아픈 가지 하나쯤 없는 집 있을까마는
먼 곳을 바라보는 일 많아진
이 집이
미처 열지 못한 마음
막막함을 걷어내고
서로에게 팔 두르고
지그시 눈을 바라보는
대책 없이 눈부실 바로 그날은…까지 가네

가을 빨래
— 집 63

반쯤 열어놓은 창으로
햇살 슬며시 들어와
머리까지 뒤집어쓴 이불 위 다독이는데
그동안 걸어온 길 보여주듯
간신히 내민 뒤꿈치 갈라진 맨발

처마 끝 무청시래기가 집 지키고
빨래들 찰랑대는 구월
이불 속 혼잣말하는 사이로
풀벌레 소리 꽉 들어차네

고래고래 소리치던 섬망증 지우고
지린내도 벌써 저만큼 날리며
펄럭이는 오후

앞마당 늘어난 그늘 구절초로 환해지고
대문 여는 기척에
기다림에 지친 얼굴 이불 겨우 밀어내는데

누가 옥상으로 빨래 걷으러 가는지
슬리퍼 끄는 소리

전부였던 순간들
— 집 75

야산 오솔길 가장자리
쌍무덤으로 요약된 어떤 이들의 집
구절초 피어나는 그 가을처럼
사는 동안 쓸쓸하여 목이 메기도 하고
덧나고 아물면서 이곳까지 왔겠지
서로에게 세상 전부였던 순간들
그 긴 문장 다 읽을 수 없어
굽은 소나무 지나
긴 그림자 앞세워 집으로 돌아오는 길
구름 몇 잎 수채화로 떠 있고
무슨 말이 하고 싶은지
산비둘기 갸웃거리고
이제껏 써온 내 문장들 곱씹으며
문간을 들어서는 나른한 가을 저녁

눈가 짓무른 집
— 집 78

서서히 잊어버리는 집이 있다
나이가 가물가물하더니
잊지 못할 기억까지도
약속이 무엇인지 잊은 지 오래다

이 세상에 오래 있다 갈 마음도 없는
고독으로 꽉 찬 영혼 한 채

새벽잠 없어진 뒤로
속절없는 날들이 가고 있다
지기 시작하면서 점점 잊고 있는 것
사랑에게는 진작부터 지게 되었고
시간에게 지면서 사시사철을 잊었으며
먹는 때를 놓쳤다
날마다 오는 날에게 그만 들키고 말았다
발이 무거워지고 숨까지 가빠지며
갑자기 헛웃음이 터지기도 하는 요즘
방문 자꾸 걸어 잠그는
눈가 짓무른 집

저 너머에서 마중하고 있는지
— 집 79

오늘은 또 누가 집을 영영 떠나가나

갈숲에서 부고를 듣는 저녁

한 집이 저물고 있다

가을바람 화살나무 잠시 만난 후 떠나고

조문하는지 비탈에 구절초 환하네

가을산 어두워지는 기척에 호수에 어리는 별빛

안간힘으로 살아온 시간 저만치 두고

오늘은 누가 또 별이 되었나

저 너머에서 마중하고 있는지

저녁노을 유난하다

이야기하는 지도
— 집 80

마을의 개 짖는 소리 나는 집 넣은 지도
다람쥐길 지도
호랑나비길 지도
동네 언덕에 올라
밤하늘 올려다보고 또 보며
누워서 그린 밤하늘 지도
살구나무집 머금은 지도
쑥부쟁이 지도
토끼풀 지도
먼저 길부터 없애고 축척도 없앤 지도
아기 웃음소리 나는 집 고스란히 담아
온 세상을 이어주는
전쟁, 투기 사라지고 이야기 가득한
지도
어디에 떠나 살아도 마음에 밟힐

공중, 거기가 집
— 집 82

순간을 떠돌다 스러지는 구름
공중,
거기가 집이다

잠깐 물들이다 넘어가는 노을
허공,
그곳이 집이다

찰나를 머물다 떠나가는 바람
천지간,
두루두루 집이다

봄날
― 집 91

누가 부르나 밖으로 나가니
아지랑이 피어오르고
어디서 복사꽃이 피어나고 있는지
봄빛 한층 환하다
세상은 말 뱉느라 너무 시끄러운데
마당 끝에선 꽃다지 돋아나고
마루에 읽다만 책장 넘기는 봄바람

밥 안치는 것도 잊고
하염없이
집 구석구석을 천천히 돌고 도는
봄날 저녁

불 켜놓은 빈방
— 집 94

집과 집 사이
수수꽃다리 향기로운 집
대추가 붉어가는 집
고양이 발자국 찍힌 집
치매 어머니 세상 떠난 지 삼 년인데
아직 빈방에 불 켜놓은 집

길과 길 사이
살구 떨어지는 소리가 나는 집
유난히 새들 지저귀는 소리 가득한 집
개 짖는 소리 정겨운 집
첫돌 아기 재롱에
웃음소리 담장 넘는 집

발자국 찍혀 있다
— 집 97

감꽃 피면 논두렁에 검정콩 심고
쑥부쟁이 활짝 창호지 문에 붙이며 살던 집
그는 알고 갔을까
자신의 발자국 무수히 남아 있다는 걸

그를 영영 보내고
인적 없는 바닷가 찾은 날
모래 위에 새 몇 마리 놀다갔는지
발자국 찍혀 있다

그 위를 바람 서늘히 지나가고
구름이 한참 내려다보고 있다

5부

산 아래 그 집

진눈깨비 내리는 날
— 집 4

진눈깨비 내리는 내 생일날
그날 따라 아랫목은 냉골이었고
마음 바빠진 아버지가
급히 담아온 화로 냉과리로 눈이 아팠다고

찬바람 불고 어둑해질 때 시작된
풍찬노숙

길과 길 사이에서
눈보라에 밀리고 거적때기 끌어올리며
시간의 발길질 견디다 못해
매일 유랑하는 생이여
햇살 양식으로 겨우 연명하는

평생 저잣거리에서 떠돌다 집으로 돌아가지만
노숙의 연속이라는 걸 알지 못한 채
오늘도 집으로 돌아가는 허기진 저녁
좁은 골목을 간신히 비추고 있는 겨울 가로등

드디어 당도할 시간*
—집6

안부만 물은 채
그립고 그리워 사무치던 세월
걷다가 잠시 하늘 올려다보며
소슬한 바람결에 그 이름 불러보던
가늠할 길 없는
퉁퉁 부어 있던 시간들

2023년 되돌아온다는 오대산으로
마음이 먼저 가게 되는,
새 집 마련해놓고
환지본처 소식에
매일 손차양으로 마중하는 중

1913년 실록, 1922년 의궤 약탈된 후
도둑의 집 떠나 먼먼 길에서 이 땅으로 돌아온 건
2006년, 2011년
실록 75책, 의궤 82책
고스란히 남아
시대를 생생하게 증언하는데

시리고, 허기에 시달렸던 날들
110년, 101년 만에
드디어 당도할 시간이 왔다
창백한 얼굴 거두고 어둑했던 가슴 열어
침묵 깨고 빛 발할 때가 비로소 온 것임을

가슴에 새겨둘 비명이었다
시방 우리가 부르는 환희의 노래와 춤이
봉안의 순간 갈피갈피 가닿기를
이 역사적인 일 앞에서
잊지 말아야 할 다짐 생겼다
각인할 문장 하나 있다

*오대산고본 조선왕조실록. 의궤 환지본처 소식에 부처.

파안대소로 완성된
— 집 12

목련에서 등나무로
두리번거리며 소나무로
한낮을 옮겨 다니는 새

휘리릭 나무 아래로 내려가
죽은 가지 입에 물고
목련나무로 날아든다

산 가지 위에 죽은 가지가 닿자
움켜쥔 듯 견고해진
부리의 온기로 지어지고
잎사귀의 파안대소로 완성된 집

저녁 어스름녘
사무치는 게 있는지
한 곳을 응시하고 있는
산비둘기

직벽을 떠돌며
— 집 13

눈이 시작돼 어둑해진 산 마을
잠자리 마련못한 새들
칼바람 속을 두리번거리고

소나무 뒤덮는 함박눈
눈지붕의 잔가지 촘촘한 소나무 아래
하룻밤 묵어가려고 날아든 작은 새들

둥지 꾸리는 건 새끼 칠 때뿐
때 지나면 다신 못 올 것처럼 떠나는
집 가지려는 마음조차 없앤
새들

허공, 직벽 떠돌며
노숙을 자청한 생

남자의 집이 탔다
— 집 15

남자의 집이 탔다

무엇을 잃었느냐고 물었다

그을음투성이 가슴 보여줄 수밖에

살던 집이 절반만 탔다고 해도

그 절반 중 어떤 건 그에게

전부이기도 한 것이어서

그저 발등만 바라보는 사람

타버린 집 곁으로 스며드는 유난한 어둠

할 수 있는 게 없어 막막했던

불길 통과한 그 밤이

한평생 차지할 것이니

속절없을 때마다

저릿저릿하게

살아나고 되살아날 그 불길 속 집

생강나무 머리맡에 두고
— 집 16

이미 이생은 저물어
띠풀 입고 양지바른 곳에 자리한 흙집
사람의 눈길 내려놓고
나무, 구름, 바람의 눈으로 내려다보고 있는

이 집에서도 시를 쓰려는지
신갈나무, 생강나무 머리맡에 두고
깊은 생각에 들어간

산 아래 펼쳐놓은 방금 갈아놓은 비탈밭 원고지 위
바람에 날리는 산벚나무 꽃잎 이야기 담고 있는지
생전에 무던히 좋아했던 제비꽃 보라 문장
밭둑 곳곳에 찍어놓은 해거름녘

대추나무 우거진 앞마당
— 집 18

지붕 한 켠이 무너지면서
들끓던 사랑을 섞어 바른 벽까지도
내
려
앉은 집
집채만 한 파도 강타한 사랑이 끝나가는 자릴
바람이 읽고 가는데
그러면 안 된다는 듯
한쪽이 주저앉은 주위로 떼지어 자리잡은
질경이
유난하게 우거진 앞마당 대추나무 한 채
어쩌면 이리도 떠나간 사람 기다리며
안간힘으로 버티고 있는 건지

한 생애가 시작된
— 집 19

엄마로 소임을 다 하라고
신이 지어준 집
한 생애가 시작된 그곳
낳기 전부터
아기에게 숨결 불어넣어준 우주

포근하게 머물던 그 집에서 나와
첫울음 울던 아기
울음 그치고 눈부시게 배냇짓하는 사이
이제 가야 할 길을 안다는 듯
속싸개 사이로 빼꼼 내민 발

첫 딸꾹질이며 옹알이도
그 집을 나온 후의 일
이 세상에 찬란으로 오기 전
아늑하게 품어준 집을 떠올리는지
눈망울을 굴리는 저 천진

배롱나무 꽃 붉다
— 집 22

열세 살적 만남 이어갈 수 있었던 건
편지를 즐겨 쓰던 네 덕분이었지
결혼, 이혼, 큰병으로 말라가던 너

문득 찾아간 내게 대숲을 보여줬지
담담하게 그간의 일들을 펼치며
이젠 용서해야겠다는 말을 듣던 밤
네 집 창으로 떨어지는
빗방울 울림 쳐내느라 뒤척이던

넉 달 뒤 듣게 된 소식
전 남편의 무릎 베고 눈감았다는
그 집 앞에 서서
어깨 두드리는 기척에 돌아보니
배롱나무 꽃 붉다

노을 붉게 타던
― 집 35

회화나무가 먼저 떠오르는 집
나뭇잎처럼 흔들리던 시간들
상처 없는 생 없다며
마음 소란 잠재우던 집

병상에서 끈 떨어진 연의 심정을
고스란히 받아내던 날들

회화나무 그늘 아래서
그대 가슴에 기대어 쿨럭이던 저녁 무렵
호랑나비의 시간 기다리며
노을에 붉게 타던 그 집

아랫집 윗집
— 집 29

아랫집 굴뚝이 윗집 의자가 되기도 하고
지붕이 윗집 마당이자 길이 되는 마을*
이야기꽃 피우는 굴뚝 있다는 말만으로도
마음으로 먼저 다녀오게 되는

발걸음들이 낸 서사, 계단길
비좁고 가팔라서 발명한 손수레길
곰살맞게 집과 집을 이어주고

구불텅길 걷는 것만으로도
오래된 슬픔 잠재우며
솟아오르는 기도의 감정

골목골목 널린 빨래, 타르초로 펄럭이며
한 사람밖에 없다는 문틀 목수가 짜낸
정겨운 창문들
이 단단한 대동단결 앞에서 두 손 모으게 되는
첩첩산중 마을 명화로 우뚝 선 아랫집 윗집

그 길 닮은 계곡물 저를 잊으며 흘러가고

구름도 쉬엄쉬엄 넘어가는 마을

*이란 마슐레 마을, 세계문화유산으로 등재된 전통 마을.

산 아래 그 집
— 집 38

앉은뱅이책상 앞에서
낱말 받아쓰던 어린 시간들
키다리 꽃 노랗게 피어나던 앞마당
가마솥에 쇠죽 끓고
텃밭 가장자리로 호박덩굴 뻗어가던 집

어느 해 과수원에서 뿌린 농약 뽕잎에 묻어
시름시름 앓다가 죽어가던 누에들 땅에 묻고
먹먹해져 허공 바라보던 어머니

대학 입학하던 날
이젠 손님처럼 다녀갈 집 돌아보며
버스 정류장으로 걸어가던 그때
신작로 먼지 너머로
어여 가라며 적막하게 배웅하던
산 아래 그 집

집은 나보다
— 집 57

집은 나보다 먼저 지어졌다 할머니라고 불러야 하지만 나는 버릇없게도 벌러덩 누워 뒹군다 이 집에서 어머니 몸 밖으로 나왔고 말을 배웠으며 사춘기를 보냈다 호시탐탐 이 집을 떠나 먼 데로 가길 노렸고 집을 떠나고 나서야 집을 그리워했다 다시 태어나면 집이 되어 끝없이 받아주고 싶 다 다 집에게서 배운 마음이다 집은 오늘도 하염없이 기다 리고 있다 두 다리 뻗지 못하고 앉아 있다 잊히고 쓰러지고 무너지는 순간까지 끝까지 내 허물을 덮어줄

*차성환의 시 「의자 1」 풍으로.

허난설헌
―집 43

달빛에 볼 발그레하던
그토록 환했던 봄날 있었다
날이 갈수록 어두워지는 기미에
구름, 바람의 문장 새기러
홀연히 떠나고, 떠났던 시간들

그 솔숲, 한 나무 근처 우묵한 곳에
시가 되기 전 말들 수북하다

사랑은 떠나고 아이들까지 잃어
하루 종일 매화나무 곁에서
목놓아 울다 혼절할 수밖에 없던,
사람도 꽃처럼 다시 돌아오기를
얼마나 사무치게 기다렸던가

나란히 마주 보고 있는
두 아이의 무덤 곁
백양나무 스치는 소리에
몇 생애를 산 듯 소진된 심정

한세상 못다한 사랑
꿈길에서나마 배롱나무 꽃으로
유난히 만발했던가

그 뛰어난 문장, 대륙에서 먼저 알고
눈 밝은 문인들 찾아서 읽었다는데
비명이 묻히고 묻혀서
피 묻은 시 몇 편으로 떠도는
푸른 멍이 든 집 한 채

꽃 피우는 일
— 집 74

오솔길 걷다 만난 무덤가엔
구절초 떠들썩 피어나고
방금 떨어졌는지 떡갈나무잎 찬란한데
구름은 저만치 남겨두고 집으로 들어왔다

발바닥 아프도록 걸어갔다가
꽃 피우는 일에 골몰하다
신발에 들러붙은 흙 털면서
세상 모퉁이 돌아돌아 왔다

구름의 긴 이야기는 다음에 더 듣기로 하고
나의 절반쯤만 집으로 돌아온 저녁
잘 왔다고 새가 후루룩 날아들고
풀썩 떨어진 마당엔
받아주는 기척으로 떠들썩하다

가끔은 허허로운지
― 집 81

이미 여물었는데도
끝내 떨어지지 않는 씨앗 한 알
돌연변이 밑동 찾은 사람의 환호작약
그렇게 시작되었다, 농업은

초승달 지대를 생각한다

정처 없이 떠돌다
밭 일구고 집 지으며 함박웃음 웃었던 그날

흘러가던 강물 끌어들여
논에 물대며 출렁거렸을 이들

풍경 찾아 끝없이 떠돌다
나무 심고, 꽃 가꾸며
집 주소를 갖게 되던 순간의 기억들

가끔은 허허로운지
그늘에 기댄 채 구름 올려다보며
온몸에 새겨진 유목의 시간 스쳐갈 때
여행의 역사는 그렇게 시작되었다

집으로 가는 길
—집 83

분홍꽃나무 아래
꽃잎, 꽃잎 등에 얹고
집으로 가는 잎꾼개미들
그걸 내려다보는 몇 송이 구름꽃

세상에서 가장 커다란 이파리 잘라
집 안으로 따들이는 날들
그 곁으로 흘러가는 바람 몇 줄기

시속 24km로
15km나 달리는 귀가길
300kg 넘는 짐 입에 물고
밤낮으로 달리고 달리는
잎꾼개미들의 집으로 가는 길

*속도, 거리, 무게는 개미의 입장에서 느낄 수 있는 경우.

마음을 적었던 날들
— 집 88

집 그림자 길어질 즈음
그 그늘에 기대어
먼 산을 바라봤다
텃밭 가장자리 노간주나무 그늘에 앉아
땅바닥에 마음을 적었던 날들

마루 끝에 나와 앉아
먼 들녘을 한참 바라본 적 있다
세상살이 벼랑인 날
하염없이 바라보게 되는
하루가 다르게 푸르러가는 시간

수북한 생각 비우고
드센 바람 가르며
날아오르는 새의 날갯짓 유난하다

흔들리며 흔들리며
— 집 100

입 안에 고인 침으로 지은 노랑무늬거품벌레 집
바람에 흔들리는 갯버들 가지에서의 비박
거품 만들어내기 위해 먹고 먹었던 시절
미세한 떨림의 시간 건너
웅크렸던 순간 지나
드디어 날고 있는 찬란

나무껍질의 작은 조각 붙여
도롱이 만들어 지고 다니는 도롱이벌레
한때는 먹이었던 나무껍데기 등 위에 얹고
주머니나방이라는 이름 얻기 위해
흔들리며 흔들리며
오늘은 또 어디로 가고 있는 걸까

북향집에서 파안대소를 꿈꾸다

박대성/ 시인

Ⅰ 장미성운을 찾아

철학은 놀람에서 시작되고 시는 설렘에서 시작된다.

시인에게 첫 시집은 부르고 싶은 노래의 경이로운 서곡이었다.

1999년 설렘 가득 채재순이 자신의 노래를 세상에 내놓았다. 첫 시집『그 끝에서 시작되는 길』(시문학사)을 시작으로 2008년『나비, 봄 들녘을 날아가다』(서정시학), 2013년『바람의 독서』(황금알), 2018년『복사꽃 소금』(도서출판 북인)을 출간했다.

이번 다섯 번째 시집『집이라는 말의 안쪽』은『복사꽃 소금』이후 5년간 채재순이 가다듬어 온 설렘들이다.

다섯 번째 시집『집이라는 말의 안쪽』의 테마는 '집'이다.

"현대인을 집 없는 인간으로 둔탁하게 규정한 것은 20세기의 실존주의 철학자들이다. 집은 세계의 무질서와 잠재적 위협에 맞선 세계 내의 유일한 피난처이자 생산과 휴식의 공간이고, 동시에 한 생의 중요한 경험들을 일궈내는 중심 공간이다."(장석주『풍경의 탄생』)

　장석주의 말을 빌리지 않더라도 집은 중심 공간이다. 사회가 다층 다겹의 공간이라면 집은 안과 밖의 경계가 분명한 공유 불가한 절대 공간이다. 곧 육체, 육신이기도 하다. 우리는 저마다의 집에서 살고 있다. 그런데 우리는 그 각자의 '집'에서 어떤 모습으로 살아가는 걸까.

　이번 시집에서 채재순은 왜 '집'에 대해 길고 긴 호흡을 하고 있는지 서두에서 밝히고 있다. "내 삶의 따스한 집이 되어줘서 고맙다는 인사를 건네며 지금의 내가 있기까지 몸을 나눠준 동생 미순과 가족에게 이 시집을 바칩니다"라고 뜨거운 보은의 마음을 얹는다.

　가족이라는 집을 자궁으로 채재순은 새롭게 태어난다.

　　엄마로 소임을 다 하라고
　　신이 지어준 집
　　한 생애가 시작된 그곳
　　　　　　　　　　　—「한 생애가 시작된 집」(집 19) 부분

　채재순은 이미 '집'에 대해 말해 오고 있었다.

　그러다 이번 연작시 형태로 아흔아홉 구중궁궐, 그리고 그 궁궐들에 울타리를 둘러 완공한 백 칸째 집이『집이라는 말의 안쪽』이다.

　첫 시집의 시「마당 너른 집」에서 '우리의 마당은 어디에 있는 거니?'라며 이번 『집이라는 말의 안쪽』 집필의 의지를 드러내고 있었다. 두 번째 시집에서는 「그 집」, 「집」, 「굴피집」으로 집터들을 둘러보고 있었으며, 세 번째 시집에서는 '집'이라는 제목은 보이지 않지만 「벼랑학교」, 「링」, 「고비사막」 등의 작품에서 공간적 의미의 '집'을 그려내고 있다. 네 번째 시집에서는 '장미성운'이 바라보이는 집을 짓기 위한 순례에 나서서는 '복사꽃 소금'을 한 짐 지고 와 올봄 복사꽃 만개할 때 다섯 번째 시집 『집이라는 말의 안쪽』을 탈고한다.

> 여기까지 오는 동안의 혼신과
> 지금을 버무려 펼친 집
> 시인이 세상 떠난 후에도
> 안간힘으로 남아
> 무량의 몸부림 울울창창 우거질
>
> —「시집」(집 7) 전문

젊음은 놀라운 목재다. 나이듦은 울울창창한 목재다. 이번 『집이라는 말의 안쪽』을 짓기 위해 채재순은 그동안 비바람에 내놓아 단단해진 목재들로 기둥을 세우고 들보를 얹으며 집을 지어왔다.

네 번째 시집에서 다섯 번째 시집 사이, 채재순은 오랜 지환에서 벗어났다. 동생의 도움으로 심신이 자유로워져 이제 그 무엇도 두렵지 않다. 말로 다 할 수 없는 감사와 사랑

을 열정 어린 창작으로 보답하고자 한다. 『집이라는 말의
안쪽』은 그 설렘과 기쁨의 물레를 돌리며 한 올 한 올 엮은
것이다.

> 저 매화나무에 물 줘라
> 선생께서 임종 전 한 말
> 일순간 적막
> 그 말씀 메아리로 가득한 고택
> 그 안에서 일어났던 하고많은 일들,
> 거기서 울려 퍼졌던 자잘한 메아리를 기록 중인
> 전집全集
>
> ―「매화나무」(집 1) 전문

이 시에서 시인은 이제 한 질帙의 전집이 되려함을 선언
한다. "저 매화나무에 물 줘라"는 명命에 따라 자신은 물론
세상의 목마름에 물을 주고 싶은 것이다. "물 줘라"는 퇴계
의 마지막 말이 가슴을 크게 울렸음이 분명하다. 고택의 전
집이 된 매화나무처럼 이제 물을 받은 자신 오체투지 채재
순은 '채재순 전집'이 되려 한다.

II 새 출발을 다짐하기 좋은 북향

자, 그런데 왜 북향집인가.

우리는 다섯의 기준 방위 속에서 살아간다. 동서남북 그
리고 중앙이라는 방위는 우리에게 무엇일까. 고래적 의미

에서 동東은 해 뜨는 곳, 서西는 죽은 자들의 영혼들이 머무는 서방정토西方淨土가 존재하는 곳이다. 남南은 일상의 해바라기가 이루어지는 곳, 중앙中央은 펄럭이는 깃발 꽂힌 중심, 북北은 삭방朔方이다. 삭朔은 초하루, 시작의 의미가 담긴 방향이며, 북당北堂은 어머니가 거처하는 곳, 곧 어머니를 일컫는 말이기도 하다. 북향집에서는 정작 '장미성운'을 볼 수 있을까.

이 집은 북향집입니다
영하의 겨울 어느 날 떠올리며
온몸에 서리 내려앉은 듯 시려울 테지만
햇살 플러그를 꽂고 싶어지는 날
당신 얼굴이 문득 생각나
한낮에도 등을 켜고
설렘을 주소로 적은 후
여기에 시를 쓰지요
추위 가득 들어찬 그 집에선
서로를 안으로 들여놓으며
새로 생긴 별들과 가스구름이 함께 만든
깃털 구름 모양 장미성운 얘길 하다가
작은 창으로 뒤늦게 간신히 깃든 빛줄기를
시 행간에 담아 낭독하고
구름 한 잎, 한 잎 정독하는 배롱나무
정원 가득 홍단풍이 머금은 온기라든가
마음까지 온전히 스며드는 저녁노을을

필사하는 집이지요

―「북향집」(집 48) 전문

이 시는 기도문으로 읽힌다. '간신히 깃든' 빛줄기가 보일 때까지 참고 견디자는 채재순의 기도. 해가 들지 않아도 꿈을 저버리지 말자는 시인의 나직하지만 간절함. 이것은 시리고 버거운 삶을 살아가는 사람들에게 보내는 희망이다. 희망을 가진 사람들에게는 '영하의 겨울'도 '서리'도 그 무엇도 장해가 될 수 없다는 전언이다. "서로를 안으로 들여놓으며" 더 힘들었던 "영하의 겨울 어느 날을 떠올리며" 시를 쓴다.

"저녁노을을 필사"하고 "당신 얼굴 문득 생각나"기도 하여 "한낮에도 등을 켜고 설렘을 주소로 적기"도 하며 채재순은 시를 쓴다. 여기서 시詩는 곧 희망의 지도가 될 것이다.

간난신고의 삶 속에서도 "작은 창으로 간신히 깃들 빛줄기"를 기다려보자는 것이다. 기다리고 기다리며 깃든 빛줄기를 따라가보자는 격려와 응원이다. 그렇게 배롱나무 홍단풍 저녁노을이 어우러지는 정원을 지나 '장미성운'으로 가자고 기도한다. 채재순의 간곡한 음성이 들린다.

어려운 사람들은 집의 방향도 맘대로 정할 수 없다. 그들에게 올리는 채재순의 조용한 기도다.

서쪽이 불귀, 끝의 공간이라면 북쪽은 새 출발의 다짐과 기대의 지점이다. 그래서 북은 성찰과 기도의 방향. 정화수井華水를 떠놓고 바라보는 방향이다. '장미성운'을 찾는다면 채 시인은 손을 내밀 것이다. 함께 가자고 손 내밀 것이 분명하다.

　지금까지 직장과 사회에서 이룬 공력으로 충분히 중심으로 진입하여 교단이나 문단에서 더 높이 승진하거나 여러 감투를 돌려쓰며 호가호위할 수도 있는데도 채 시인은 홀연 북北을 바라보고 앉는다.

　　사랑은 떠나고 아이들까지 잃어
　　하루 종일 매화나무 곁에서
　　목놓아 울다 혼절할 수밖에 없던,
　　사람도 꽃처럼 다시 돌아오기를
　　얼마나 사무치게 기다렸던가

　　(…)

　　그 뛰어난 문장, 대륙에서 먼저 알고
　　눈 밝은 문인들 찾아서 읽었다는데
　　비명이 묻히고 묻혀서
　　　　　　　　　　　　　　—「허난설헌」(집 43) 부분

　반도의 북쪽은 대륙이다. 난설헌은 시대의 질곡에 절망하지 않고 자유와 사랑에 몸부림쳤다. 벼랑 끝에 내몰린 난설헌의 피 끓던 외침. 대륙 너머 먼먼 북쪽을 향한 그 절규를 채재순이 들은 것이다. 두 사람은 시공을 초월하여 만나고 있다.

Ⅲ 가장 울기 좋은 곳은 집

집은 울기 좋은 자리다. 울음은 울고 나야 멈출 수 있다. 그 울음 속에서 걸어나오는 것은 울음 우는 자신을 바라보는 또 다른 '나'들이다. 나와 또 무수한 내가 울음으로 만난다. 채재순의 '집'은 곳곳이 눈물자국이고 손수건이다. 천장에서 창문에서 벽에서 깊은 구석 곳곳에서 걸어나오는 또 다른 채재순을 울음 우는 채재순이 만난다. 사람에게는 저마다 아무도 모르게 울음 우는 곳이 있다.

> 그렁그렁 고인 눈물 훔치며
> 식은 커피를 들었다놓고는
> 다른 욕심은 없어요
> 둘이 마음놓고 누울 집 이야기를 시작하는 여자
> ―「제 말에 골몰했던」(집 8) 부분

> 갑자기 헛웃음이 터지기도 하는 요즘
> 방문을 자꾸 걸어 잠그는
> 눈가 짓무른 집
> ―「눈가 짓무른 집」(집 78) 부분

> 오늘은 또 누가 집을 영영 떠나가나
>
> 갈숲에서 부고를 듣는 저녁
>
> 한 집이 저물고 있다
> ―「저 너머에서 마중하고 있는지」(집 79) 부분

밥 안치는 것도 잊고

하염없이

집 구석구석을 천천히 돌고 도는

봄날 저녁

—「봄날」(집 91) 부분

'집이 말하려는 것을 받아적는 나날들'이라는 「시인의 말」에서도 보이는 것처럼 채재순은 집에 귀 기울인다.

이 외에도 「적막이 살고 있는」(집 14), 「수 없이 지었다 허무는」(집 23), 「한 사흘 앓다가」(집 32), 「모로 누워 잠들던」(집 34), 「집채만 한 그리움」(집 39), 「절절 끓는 이마로」(집 42), 「동쪽 끝으로」(집 55), 「그 마음 받아 왈칵」(집 59) 등은 물론 다수의 작품에서 시인은 자신을 울고 이웃을 울고 사회와 세상을 운다. 울음을 멈추고 싶은 채재순은 북北을 향해 않는다.

채재순의 1시집에서 4시집까지 해설자들이 채재순의 혼魂과 정情을 통찰해낸 말들을 불러내본다.

"비상을 꿈꾸고 이웃과 손잡는, 진실하면서도 건실한 삶을 신선하게"(『그 끝에서 시작되는 길』, 박명용 시인)

"채재순의 시는 자연친화적이며 구도적 서정시인이라"(『나비, 봄 들녘을 날아가다』, 최명길 시인)

"좋은 시인은 좋은 사람 아닐까"(『바람의 독서』, 김영준 시인)

"이것이 진정한 나일까"(『복사꽃 소금』, 박호영 시인)

Ⅳ 채재순은 '채재순의 집'에 산다

채재순 시인과는 인연이 깊다. 부군인 최재도 작가의 본가는 내 고향집 근처다. 드라마를 집필하며 서로의 창작을 밀어주고 끌어주는 두 사람은 천생연분이다. 원주가 고향인 채재순이 교직 첫 발령을 받고 속초로 오게 된 것은 속초의 선물이다.

다정다감하지만 때와 장소에 알맞은 결곡과 예를 갖출 줄 아는 성실한 교육자로, 시어머니를 모시며 두 딸의 훌륭한 어머니로도, 부군을 내조하며 가정을 이끌어오는 일에도 남달랐다. 교단과 문단의 선후배들과 이웃과도 소통하며 화합하는 모습은 신실하기 그지없다.

또한 첫 발령부터 교장 선생님이 된 지금까지 아이들에게 글쓰기를 가르치며 글쓰기를 통해 아이들이 꿈을 키워갈 수 있도록 안내하고 조력하며 교직에서 보여주고 있는 숭고한 사명감도 남다르다.

시는 소재의 제한을 받지 않는다. 반짝이며 달려와 단숨에 완결되는 작품이 왜 없으랴. 다만 경험들이 삭을 시간은 가져야 한다는 생각이다.

독서를 통해 받은 감동을 곰삭이고 있다가 시로 승화시켜놓은 작품들이 눈에 띈다.

얼마나 기다렸을까,
지상에 노랑이라는 집 한 칸 마련하고
명랑에 이르기를

얼어맞고도 부서지지 않고
그리고 또 그릴 수밖에 없던 순간들
무참히 깨어졌다고 말하지 마라
그저 웃고 싶었을 뿐
결국…
결코 끊어지지 않은 꿈
구두에서 해바라기로,
밀밭 종달새로 날기까지
아프고 아팠던 눈,
마음 추웠던 날들이 만들어낸
소용돌이 하늘, 별의 심장

— 「노랑이라는 집 한 칸」(집 77) 부분

감자 먹는 사람들 목이 메어온다

밥은 굶고 그림은 그린 날
차마 쓰기 미안해 머뭇거리다
돈 걱정까지 동봉하자니
마음이 어둑하다

어제에 이어 오늘도 모델이 없어
자화상을 그린 날
눈빛이 푸르고 유독 깊다

오늘도 영락없이 그림 그리러 밀밭으로 나간다

까마귀 떼 발걸음에 놀라 날아오른다

옆방에서 누군가 온 힘 다해 비명을 지르고 있다
얼마나 오래
이 안을 서성거려야 세상으로 나갈까

나는 없어지고
감자만 남았다

—「감자만 남았다」(집 76) 전문

왜 이 그림들이 채재순의 눈에 밟혔을까. 사랑을 받아보
지 못한 사람은 사랑을 나누는 법을 모른다는 말처럼 통절
한 아픔을 느껴보지 못한 사람은 책이나 그림 뒤에 숨어 있
는 애절함에 가슴이 울릴 리 없다. 그만큼 채재순의 가슴은
여리고 순수하다.

얼마나 궁핍한 삶이기에 앞에 앉힐 모델이 없어 자화상
만 그려야 하는 빈센트 반 고흐의 불안과 두려움. 그리고
태어나는 순간 느꼈을 죽음을 향해 갈 수밖에 없는 근원적
공포에 전율하며 채 시인이 울컥울컥 써내려간 시편이다.
"그리고 또 그릴 수밖에 없던 순간들", "온 힘을 다해 비명을
지르고 있다"는 구절로 천재 화가의 요절을 아파하고 있다.

이밖에도 「그 마음 왈칵 받아」(집 59), 「이름 골짜기」(집
58), 「집에 가야 한다는 말」(집 5), 「윤희순 의사」(집 61), 「아
랫집 윗집」(집 29), 「허난설헌」(집 43), 「집은 나보다」(집 57)

등의 시는 책을 읽고 또 읽는 채재순에게 독서삼매가 곧 그의 일용의 양식임을 말하고 있는 시편들이다.

채재순의『집이라는 말의 안쪽』은 집을 환기시킨다. 사실 우리는 저만의 왕국에서 전지전능 무소부재를 꿈꾸기도 한다. 집이 '나의 왕국'이기를 희구한다. 그러나 그것은 꿈 같은 이야기. 그러나 그 꿈이 실현되기도 하는 곳이 바로 집이다. 해서 '집'은 곧 '꿈'이기도 하다. 꿈속에서는 모든 일이 가능하다. 집도 가능의 공간, 인식의 범주 내에서 자신이 하고 싶은 대로 맘대로 할 수 있다. 집이 편안한 것은 내 맘대로 할 수 있기 때문이다. 이것은 정말 꿈 같은 일이 아닌가. 집이 안겨주는 선물이 아닐 수 없다. 집에서는 우리 무소불위의 존재가 될 수 있다. 채재순은 '집 채재순'에 산다. 결코 '왕국 채재순'에 살고 있음이 아님을 보여주고 있다.

당신이 집사람이라

처음 말하던 때가 생각나

벌써 며칠째

그 시절 번지수를 기억해내려고 안간힘인데

그러지 않으면 살 수 없을 것 같은 날들

요즘 부쩍 꽃덤불 주위를 서성이게 돼

부르튼 발 따스한 물에 씻고

나란히 한잠 자고 싶은

찔레꽃 필 무렵

당신 아내된 지 얼마나 되었나

얼굴에 번져오던 그늘

찔레순 먹여주며 걸어온 길

때론 가시에 찔려 눈물 떨굴 때

가시 빼내주며 한 봄밤 약속으로

겨우 안해가 되어가는 중

웃는 모습까지 닮아가며

서로의 집이 되어가는 중

― 「찔레꽃 필 무렵」(집 98) 전문

채재순이 꽃덤불 주위를 서성이며 '그러지 않으면 살 수 없을 것 같은 날들'을 살아내며 안해가 되어가는 모습이 그려진다.

운명運命이라는 말이 있다. 사전적 의미로는 '초인간적인 위력에 의해 지배된다'고 생각하는 것이 곧 운명이라 믿고 살지만 사실 운명은 운運과 명命의 결합어이다. 명命이 '어쩔 도리 없이 타고난 것'이라면 운運은 '얼마든지 옮기고 고치고 바꿀 수 있는 것'을 말한다. 하여 운명과 숙명은 비슷한 말이 아니다. 그런데 이 시에서 채재순은 지금 여기까지 자신을 이끌어온 모든 운명을 숙명으로 여기는 '자기 위로'를 엿볼 수 있다. 자신을 향한 깊고 깊은 통성慟聲이기에 이 시가 다른 시보다 크게 들린다.

V 채재순이 지을 새 집

예술가는 시대의 강물을 따라 걷기도 하고 조망하기도 한다. 더러 강물에 뛰어들기도 하고 그물을 던지기도 한다. 참여니 순수니 등의 잣대를 넘어 시인 채재순은 시대의 고뿔이나 관격에 대해서도 가슴을 연다.

남자의 집이 탔다

무엇을 잃었느냐고 물었다

그을음투성이 가슴 보여줄 수밖에

살던 집이 절반만 탔다고 해도

그 절반 중 어떤 건 그에게

전부이기도 한 것이어서

(…)

할 수 있는 게 없어 막막했던

불길 통과한 그 밤이

한평생 차지할 것이니

속절없을 때마다

저릿저릿하게

살아나고 되살아날 그 불길 속 집

— 「남자의 집이 탔다」(집 15) 부분

「꿀벌」(집 92), 「탁본, 2022 동해안 산불」(집 99), 「집으로 가는 길」(집 83) 등은 이웃과 자연환경에도 가슴을 활짝 열고 가슴 아파한다.

예술가들은 당대의 밈meme을 창조하기도 하고 유지, 전승하기도 한다. 많은 시인들이 '집'을 화두로 삼아 으깨고 물고 늘어지며 그 '집'의 용마루에 화룡점정의 마지막 기와 한 장을 올리고 싶어하기에 매력적인 테마가 아닐 수 없다.

일찍이 소월이 백석이 동주가 용악이 그러해왔고 앞으로도 '집'은 창작의 화수분이 될 것이다. 이번 채재순도 『집이라는 말의 안쪽』으로 '집'에 대한 그 가론歌論의 객차에 오른 것이다.

채재순은 독실한 크리스찬이다. 이기와 독단에 빠지지 않으며 자연과 이웃을 사랑하며 격조로운 삶을 구가하고자 한다. 그러기 위해 많은 시간 신앙에 기대기도 하지만 이번 시집 전반에 종교적 서설絮說이 눈에 뜨이지 않는 것은 고무적인 일이다.

순간을 떠돌다 스러지는 구름
공중,
거기가 집이다

잠깐 물들이다 넘어가는 노을
허공,
그곳이 집이다

찰나를 머물다 떠나가는 바람
천지간,
두루두루 집이다

　욕망과 애증에 매달리지 않고 유유자적 자신의 삶을 받아들이며 구가하고자 한다. '공중' '허공' '천지간'은 소유할 수 있는 것이 아니다. 만인을 위한 그 절대 공간을 바라보자 한다. 나누고 손잡자 한다. 부질없는 일에 가슴앓이하지 말자 한다. 채재순의 뜨거운 숨결이다.

　교단에서도 채재순은 부단한 교학상장을 통해 사람은 무엇이며, 어떻게 살아야 하는가를 가르치며 배움에도 게으름이 없다. 채재순은 돌을 물고 산을 날아오르기도 하고 불 속으로 뛰어들기도 한다. 자신의 품을 열어 세상 안는 법을 가르치고 실천해오고 있다. 이것이 채재순의 삶과 창작의 근간이다.

　채재순 시인과의 문연文緣은 '시마을 사람들', '갈뫼' 동인으로 최명길 시인의 사사師事 아래 여러 아름다운 사람들과 활동하는 모습을 「배롱나무 꽃등」(집 31), 「메밀국수」(집 54) 등의 시로 표현하고 있다. 지금 채 시인은 '물소리詩낭송회' 동인으로 열정적으로 동인들의 시합평회를 주관하는 학구파 시인이다.

　채 시인은 '집' 이야기를 하면서 고독과 아픔, 울음을 울고 있지만 멈춤 없이 희망을 쏘아올리기도 한다. '외로움장관', '행복장관'을 두어 낮고 차가운 주변을 돌아본다. 주변의 아픔들과 같이 아파하고 힘들어한다. 그렇게 울며 詩를 쓴다. 그러다가는 기운을 차려 세상의 구들장에 자신의 詩를 불

쏘시개 삼아 '손꼽아 기다릴' 그 군불을 넣는다.

> 영국엔 외로움장관을 두었다는데
> 공기만으로 살아가는 공기란空氣蘭이 있는데
> 바람의 언덕에 함께 오르며
> 사람은 사람에 기대어 살아가야 하는데
>
> 생피 흘리며 살아 있는데
> 모르는 사이 무참히 사라지는데
>
> 고독사, 요양원이라는 말
> 더 이상 쓸 이유 없어질 날
> 내 나라에 행복장관 둘 날
> 손꼽아 기다리는 나날

— 「사람에 기대어」(집 33) 전문

　이 시는 시참詩讖의 시다. 좋은 예언은 사람을 힘나게 한다. 좋은 시는 자신은 물론 세상을 힘나게 할 것이다. '내 나라에 행복장관 둘 날'은 기필코 올 것이다.

　시는 언제나 정신과 영혼의 고통의 소용돌이 속에서 탄생한다. 그 소용돌이들이 채재순을 지나며 시참의 시 '희망의 예언'으로도 꽃피어 난다.

　『집이라는 말의 안쪽』은 집에 대한 연시連詩들이다. 연작시들은 천착을 전제로 한다. 댓돌 위로 쉼 없이 떨어지는 자진 낙숫물이 되겠다는 뜻이다. 채재순은 방울방울 그 낙수로 떨어져 각박한 세상의 댓돌 위에『집이라는 말의 안쪽』이라는 한 채의 기도로 앉는다.

이 집에 고단한 사람들이 드나들며 "장미성운 얘길 하면서/ 시를 써서는/ 설렘을 주소"로 보낼 것이다.

요즘 들어 시의 정의나 기능을 논하는 일은 진부한 췌사贅事에 불과하다는 생각이다. 시는 쏟아지고 시인은 범람하고 있다.

시는 정체 없는 아우성과 개인적 신변잡사들의 헛기침으로 부유하고 있다. 입에서 나온 것이 모두 '말'이 아니듯 책으로 나왔다고 '글'이 아니다. 책을 읽지 않는 사람들이 늘어나고 있다. 책을 대신하고 있는 것이 도대체 무엇이란 말인가. 그러나 우리 시인들은 시를 쓰고 '시를 읽는 사람들'을 위해 더 힘을 낼 것이다.

무한질주 내달리는 열차는 차창 밖으로 무수한 잉여를 내던지며 사람의 구실은 물론 창작 또한 AI로 교체하려 한다. 이 문명의 발전은 과연 어디까지여야 하나. 전범典範과 전통은 무엇이란 말인가.

채재순의 창작 자세에 대해 살펴볼 필요가 있다.

인간은 2초 이상 타인을 기억하지 않는다고 한다. 채재순은 시를 쓰기 위해 대상을 2천 초, 2만 초 이상을 관찰한다. 그 대상과 유대하며 호흡한다. 그것을 토대로 채재순은 습작과 퇴고를 멈추지 않는다.

채재순은 세 번째 시집『바람의 독서』의 「1초」라는 작품의 '인생을 만들어간 1초'라는 구절에서 스치는 모든 시간을 가볍지 않게 여기는 자세를 볼 수 있다. 더불어 거기에 오거서의 독서. 채재순의 관찰과 독서는 생래적 시인일 수밖에 없는 그녀 내면에 깊이 자리한 '채재순meme'의 실현이며 구도求道이다,

박호영 시인은 네 번째 시집『복사꽃 소금』해설에서 "시인의 마음 상태는 그리 밝은 편이 아니다, 음울한 면이 많다"고 했다. 그래서 「파안대소로 완성된」을 살펴볼 필요가 있다.

목련에서 등나무로
두리번거리며 소나무로
한낮을 옮겨 다니는 새

휘리릭 나무 아래로 내려가
죽은 가지 입에 물고
목련나무로 날아든다

산 가지 위에 죽은 가지가 닿자
움켜쥔 듯 견고해진
부리의 온기로 지어지고
잎사귀의 파안대소로 완성된 집

저녁 어스름녘

사무치는 게 있는지

한 곳을 응시하고 있는

산비둘기

　　　　　　　　　　　―「파안대소로 완성된」(집 12) 전문

다섯 번째 시집『집이라는 말의 안쪽』에도 채 시인의 근원적 아픔들이 자욱하다. "저녁 어스름녘 사무치는 게 있는지 한 곳을 응시하고 있는" 산비둘기는 파안대소를 꿈꾸는 채재순이다. 몸을 추스르는 일, 정든 시어머니와의 이별, 급작스럽기만 한 교단 풍경에 대한 적절한 대처 등 여러 어려움을 잘 이겨낸 채재순은 이제 파안대소로 날아오르는 비둘기다.

시여기인詩如其人. 시는 곧 그 시인이다. 이번『집이라는 말의 안쪽』은 곧 채재순이다. 다시 여섯 번째 시집, 여섯 번째 대궐을 기대하며 건강을 되찾은 채 시인이 심광체반心廣體胖을 누리시기 바란다.

글을 마치며『집이라는 말의 안쪽』출간으로 우리 동네 '보헤미안 지수'가 조금 높아지면 좋겠다는 작은 소망을 가져본다.

현대시세계 시인선 **150**

집이라는 말의 안쪽

지은이_ 채재순
펴낸이_ 조현석
기　획_ 김정수, 우대식
펴낸곳_ 북인
디자인_ 푸른영토

1판 1쇄_ 2023년 07월 14일
출판등록번호_ 313 - 2004 - 000111
주소_ 121 - 842 서울 마포구 서교동 460 - 34, 501호
전화_ 02 - 323 - 7767
팩스_ 02 - 323 - 7845

ISBN 979-11-6512-150-1　03810
ⓒ 채재순, 2023

＊이 도서는 강원특별자치도, 강원문화재단 후원으로 발간되었습니다.

책값은 뒤표지에 있습니다.
저자와 협의 아래 인지를 생략합니다.

이 책의 글과 그림에 관한 저작권은 저자와 출판사에 있습니다.
저자 허락과 출판사 동의 없이 내용의 일부를 인용, 발췌를 금합니다.